D1665962

Der Reiher vom Weiher

Mit den besten Wünschen

Gothaer
Bürogemeinschaft
Sven & Stefan Michel

Textredaktion: Sandra Cas
Covergestaltung: Verlagshaus Schlosser
Coverabbildung: Melanie Krause
Illustrationen: Melanie Krause
Satz: Verlagshaus Schlosser
ISBN 978-3-96200-240-4
Druck: Verlagsgruppe Verlagshaus Schlosser
D-85551 Kirchheim • www.schlosser-verlagshaus.de

Printed in Germany

Sandra Cas

Der Reiher vom Weiher

Verlagshaus Schlosser

Inspired by nature and my family,
thank you!

Zeichnungen von Melanie Krause

INHALTSVERZEICHNIS

Kapitel 1

Fremde Klänge

Von weitem sah der Teich ruhig und unbewohnt aus. Aber das täuschte, denn die Welt, in die ich euch nun entführe, ist voller Geschichten und Geheimnisse….

Ich muss es wissen, denn ich habe all das gesehen und erlebt!

Die Sonne ging gerade auf und über dem Wasser lag eine kleine Nebelwolke. Das war nicht ungewöhnlich im März und so konnte man nicht sofort überblicken, wer sich dort aufhielt. Ein Entenpaar kam aus dem dichten Schilf geschwommen. Frau Ente hatte nicht viel Zeit, denn seit einigen Tagen lagen 6 Eier in ihrem Nest. Sie wollte schnell frühstücken und dann sofort zur Brutstelle zurück. Was frühstückt so eine Entendame? Herr Erpel, ihr Mann, hatte ihr eine besonders saftige Teichecke gezeigt. Dort gab es frische Pflanzen und die beiden verspeisten so viel sie schafften. Aber es musste schnell gehen, die Eier durften nicht zu lange unbeobachtet und ohne die Wärme der Eltern bleiben. Außerdem hatte der freche Kater Jerry das Nest noch nicht entdeckt und das sollte auch so bleiben.

Auf dem Rückweg begegnete ihnen eine große warzige Kröte. Sie schwamm schnell und nur ihre Augen schauten aus dem Wasser.

Frau Ente begrüßte sie freundlich:

„Guten Morgen, Frau Nachbarin! Das wird ein wundervoller Tag, nicht wahr?" Die Kröte nickte nur, auch sie hatte es eilig. Unter einem alten Baumstamm am Teichrand, den ein Blitz vor vielen Jahren umstürzen ließ, hatte sie ihren Nachwuchs versteckt. Nicht aus Furcht vor dem Kater Jerry, sondern weil die kleinen Kröten das Wasser zum Überleben brauchten. Gefährlich konnten ihnen nur die Fische werden, die hungrig durchs Teichrevier schwammen. Und deshalb musste die große Krötenmutter schnell wieder zu ihren Jungen. Mit der Kraft ihrer Hinterbeine nahm sie es mit jedem Fisch auf.

Das Leben am Teich, den die Menschen auch Weiher nannten, war ruhig und friedlich. Aber an diesem Morgen sollte sich dies ändern. Mit einem lauten „Platsch!" landeten zwei Besucher auf dem Wasser und verursachten richtige Wellen. Frau Ente schaute besorgt aus dem Schilf, denn ihr Nest begann zu wackeln. Herr Erpel schwamm aufgeregt hin und her, denn er kannte die Neuankömmlinge nicht. Bedeuteten sie Gefahr? Was wollten sie denn hier? Frau Kröte schaute mit einem besorgten Blick unter dem Baumstamm hervor und verschwand wieder.

Der Nebel hatte sich verzogen, die ersten Sonnenstrahlen wärmten die Luft und gaben den Blick frei. Da schwammen sie, die „Neuen"! Ein außergewöhnliches Paar, niemand am Weiher hatte jemals solche Geschöpfe gesehen. Er war groß und kräftig, schwamm stolz und neugierig dahin. Und seine Partnerin erschien schüchtern, aber anmutig in ihrer Gefiederpracht. Herr Erpel nahm all seinen Mut zusammen und wagte sich näher heran. Er versuchte, mit fester Stimme zu sprechen, obwohl er doch etwas Angst hatte.

Die beiden Unbekannten waren viel größer als er. „Guten Tag! Kann ich weiterhelfen?" hörte er sich sagen und spürte, dass seine Stimme doch etwas zittrig klang. Hoffentlich merkten die beiden das nicht. Aber sie schauten ihn nur an und sagten kein Wort. Hatte er zu leise gesprochen?

Er wiederholte seine Frage etwas lauter. Wieder nichts.

Doch plötzlich sprachen sie, aber miteinander und in einer Sprache, die er noch nie gehört hatte. Was geschah hier?

Wollten sie sich über ihn lustig machen? Jetzt wurde er aber langsam wütend. Früher hatten ihn die anderen Erpel auch manchmal zum Narren gehalten, das Gefühl kannte er noch genau. Erst als er Frau Ente kennenlernte, konnte er ruhiger damit umgehen. Aber das hier war ja wohl eine Frechheit! Erst störten die beiden die gewohnte Ruhe, landeten einfach auf dem Teich und nun antworteten sie ihm mit irgendeinem Kauderwelsch. Was sollte das? Gerade, als er sich tierisch aufregen wollte, hörte er eine ruhige und bedachte Stimme von oben: „Sie fragen, ob es dir recht wäre, wenn sie sich ein wenig hier ausruhen könnten! Sie haben einen langen Flug hinter sich."

Herr Erpel schaute zur alten Weide, die schon so lange am Teich stand, wie er denken konnte. Sein Großvater hatte ihm viele Geschichten von der Weide erzählt. Wie wichtig sie sei, weil sie Schatten spende und vielen Vögeln Platz zum Wohnen und Brüten schenke.

Die Stimme, die er hörte, kam aus dem Baum und er kannte sie nur zu gut. Mit einem suchenden Blick konnte er sehen, wer mit ihm sprach. Es war Goliath, der auf seinem Schlafplatz saß und nach unten schaute. Herr Erpel war verwundert, weil er ihn nicht mehr hier erwartet hatte. Normalerweise verließ Goliath den Weiher bereits am frühen Morgen und kehrte erst gegen Mittag zurück. Doch da saß er in all seiner Pracht. Ein Silberreiher wie aus dem Bilderbuch, ein stolzer Vogel, dessen dichtes Gefieder weiß-grau leuchtete. Er war groß für seine Art und lebte schon viele Jahre hier. Seine Eltern waren an den Weiher gezogen, als er noch ein Jungvogel war und gerade fliegen konnte. „Guten Morgen, Goliath! Woher weißt du, was die beiden gesagt haben? Ich habe kein Wort verstanden?", erstaunte der Erpel.

„Ach weißt du, sie kommen von weit her. Ich konnte sie verstehen, weil ich die Sprache von meinen Eltern gelernt habe. Sie lebten vor meiner Geburt in einem fernen Land, das Kanada heißt. Und die beiden dort auf dem Weiher sind Kanadagänse. Das weiß ich, weil wir früher einmal Nachbarn hatten, die genauso aussahen." Herr Erpel konnte es kaum glauben, Goliath war so schlau, er wusste einfach alles. Darum hatten ihn die Teichbewohner zu ihrem Oberhaupt gewählt und es wurde wieder einmal klar, dass dies eine gute Entscheidung gewesen ist.

Ohne das Wissen des Reihers wäre Herr Erpel vermutlich immer wütender geworden, weil er die Fremden ja nicht verstehen konnte. Dann hätte er sie verjagt, weil sie „gefährlich" sein könnten. Schließlich hatte er ein Nest voller Eier zu schützen und was würde Frau Ente sagen, wenn er es nicht schaffte, sie und die Jungen zu verteidigen? Ihm brummte der Schädel bei all den Gedanken. Gut, dass sie sich als harmlose Besucher herausstellten. „Sag ihnen, sie können so lange bleiben, wie sie wollen. Und wenn sie etwas brauchen, dann können sie mich fragen und ich helfe ihnen." Der Reiher schmunzelte: "Sie sollten dann eher mich fragen, meinst du nicht?" Herr Erpel nickte, dieser Reiher war einfach zu schlau. Goliath erklärte den Kanadagänsen, dass sie willkommen seien und bot ihnen die Hilfe aller Bewohner an. In diesem Moment tauchte vor den beiden Gänsen die Kröte auf und schob wortlos ein Seerosenblatt vor sich her. Darauf lagen verschiedene Pflanzenteile.

Die Gäste schnatterten aufgeregt, so ein Festmahl hatten sie lange nicht. Selbst Frau Ente verließ ihre Brutstelle für eine kurze Zeit, um sich die beiden anzuschauen.

Sie waren aber auch wirklich ein schönes Paar. Nach einigen Stunden der Ruhe verabschiedeten sich die Gänse und flogen weiter. Es kehrte wieder Ruhe ein und der Reiher vom Weiher fiel in einen tiefen Schlaf.....

Kapitel 2

Frühlingsfreuden

Es war wie in jedem Jahr, als die Kälte floh und die Sonne ihre Herrschaft wieder übernahm. Überall siegte der Gesang der Vögel über die Stille der kalten Tage. Die alte Weide am Weiher hatte den Winter mit ihren Kindern überstanden, sie waren nah an ihrem knorrigen Stamm verwurzelt und wärmten einander. Mutter Weide war hier geboren und aufgewachsen, die vielen jungen Triebe an ihrer Seite waren inzwischen starke junge Bäume geworden und sie fanden es wunderbar, so zusammen zu leben. Mit dem Beginn des milden Wetters, den ersten warmen Sonnenstrahlen und dem aufgeregten Zwitschern der Vögel begannen auch die Bäume, wieder Saft in ihre Stämme, Zweige und Äste zu pumpen. Obwohl Mutter Weide schon richtig alt war, schaffte sie es, im Frühling stärker und schöner zu werden, als im Jahr zuvor. Der Reiher wunderte sich immer wieder, wie jugendlich dieser alte Baum nun aussah. Die langen Zweige trieben zarte grüne Blätter und wehten sanft im Wind. Es erinnerte jeden, der es sah, an die weichen Haare junger Mädchen. Die Zweige reichten bis auf die Oberfläche des Weihers und streichelten das Wasser im Rhythmus des Windes. Neben der alten Weide wuchsen noch eine schlanke Birke und die Schlehe, die zusammen mit der Weide an diesem Ort ihr Leben begonnen hatten. Auch die Schlehe war inzwischen verzweigt

17

und rundlich geworden. Doch wenn sie ihre strahlend weißen Blüten zeigte, wirkte sie wie ein neues Wunderwerk der Natur. Sie verströmte einen magischen Duft, der die fliegenden Tiere aller Größen anzog. Besonders die Bienen kamen sehr gern zu ihr, denn vom Bienenstock bis zur Schlehe waren es nur wenige Meter, die auch die noch müden Stubenhocker unter ihnen schaffen konnten. Die Birke war ein wenig neidisch auf die beiden schönen Bäume, aber sie wusste bereits, dass ihre Zeit bald käme. Und ihre Blätter hatten das schönste Grün weit und breit, da war sie sich sicher. Also hielt sie still, klagte nicht und wartete auf ihren Auftritt.

Im Obstgarten des Bauern standen die alten Apfelbäume und warteten schon. Worauf? Auf ein Schauspiel, das sich in jedem Frühjahr wiederholte. Und da waren sie auch schon. Erst sahen sie nur eine vorsichtig wackelnde Nase, die sich neugierig aus dem Reifenstapel reckte. Dann, mit einem Sprung, saß Vater Hase vor seinem Reifenbau, schnupperte in die Luft und hoppelte ein Stück. Frau Hase folgte ihm langsam.

Als sie beide merkten, dass es keine Gefahr zu wittern gab, begann der Tanz.

Der Reiher saß bereits auf dem Apfelbaum neben dem Bau. Das wollte er sich nicht entgehen lassen. Der alte Bussard saß auf seinem Kirschbaum und brummte nur: „Jetzt geht das wieder los!" Aber eigentlich freute er sich auf die beiden Hasen, sie waren eine willkommene Abwechslung. Denn sie tanzten wirklich, vor Freude aus dem engen Bau zu kommen, die frische Luft zu genießen und vom ersten Grün zu naschen. Sie waren keine jungen Hüpfer mehr, aber diese wunderbare Stimmung verjüngte sie. Es ging von einer Ecke des Gartens in einem Affentempo zur anderen und wieder zurück.

Sie versuchten, sich zu fangen, schlugen Haken und hatten so viel Spaß daran, dass sogar der alte Bussard zu lächeln begann. Er würde gern viel öfter lächeln, denn alle hielten ihn für einen Griesgram.

Das war er nicht, er war nur schon so lange Zeit ganz allein. Seine Frau war von einem Ausflug nicht wiedergekommen. Erst Wochen später fand er heraus, dass sie in den großen Wald geflogen war und keiner sagen konnte, was dort geschah.

Oft war er hingeflogen, konnte aber keine Spur von ihr finden. So blieb er am Weiher, denn dort wollten sie zusammen ein Nest bauen. Vielleicht kehrte sie eines Tages zurück, dann wollte er da sein. Den anderen Bewohnern hatte er nichts davon erzählt, er war zu traurig, um sich ihnen anzuvertrauen. Inzwischen dachten alle, er wäre ein Sonderling und sie ließen ihn in Ruhe. Er saß oft stundenlang auf dem höchsten Ast seines Baumes und hielt Ausschau.

Kapitel 3

Der fliegende Balduin

Jeden Morgen flogen die Nachbarn ein und das gab jedes Mal eine große Aufregung. Wer jetzt nicht wach wurde, dem war auch nicht mehr zu helfen. Die Enten vom Park am Schloss kamen zum Frühstücken und taten immer so, als hätten sie sich wochenlang nicht gesehen. Dabei verbrachten sie jeden Tag zusammen, aber das schienen sie nicht zu bemerken. Sie redeten alle durcheinander, paddelten mit ihren Füßen aufgeregt im Wasser und vergaßen manchmal sogar, dass sie ja etwas essen wollten. Aber besonders die Fische, Raupen, Kröten und sogar die Laubfrösche kamen gern dazu, denn es gab jeden Tag die neuesten Nachrichten direkt aus den Entenschnäbeln. Sie erzählten Neuigkeiten aus dem Schloss, in dem eine traurige Prinzessin herumspuken sollte. Manchmal waren die Geschichten so gruselig, dass der Reiher sie aus der Weide, von oben herab daran erinnern musste, dass die kleinen Zuhörer am Weiher das nicht hören sollten. Aber die Enten berichteten auch von ihren Flugbeobachtungen. Die Fische konnten es kaum glauben, was die Vögel alles sahen und erlebten. Unter ihnen war auch Balduin, ein junger Karpfen. Wie sehr wünschte er sich, einmal fliegen zu können, nur einmal wie ein Vogel über der Erde zu schweben und alles von oben zu sehen. Seine Eltern und Geschwister hatten ihn ausgelacht, deshalb erzählte er ihnen nichts mehr davon. Aber der Wunsch blieb und wurde größer. Eines Tages lauschte er wieder den Morgengeschichten der Enten und seufzte laut. Eine junge Ente, die gerade an einer Wasserpflanze knabberte, fragte ihn besorgt: „Tut dir was weh?" „Ach nein, ich wünschte nur, ich könnte das auch!", antwortete der Karpfen mit leiser Stimme. „Was denn? An einer Pflanze knabbern?", schmunzelte die Ente. „Nein! Ich möchte auch fliegen, nur einmal!"

Er dachte nun, sie würde lachen, so wie ihn immer alle auslachten, wenn er von seinen Träumen erzählte. Aber sie sah ihn nur erstaunt an und fragte: „Wieso tust du es nicht?".

Hatte er sich verhört? Hatte sie wirklich gesagt, dass er es machen solle, ohne sich über ihn lustig zu machen? Aber wie sollte das gehen? Er hatte ja nicht mal selber einen Plan. Deshalb sagte er nur: „Morgen ist mein 1. Geburtstag, danach werde ich schnell auswachsen und egal, wie groß mein Wunsch ist, werde ich zu schwer sein, um irgendwann und irgendwie in die Lüfte zu kommen." Er merkte, wie ihm die Tränen in die Augen stiegen und weil ihm das peinlich war, verschwand er schnell auf die andere Seite des Weihers. Die junge Ente schwamm zu ihrem Vater, der für jedes Problem eine Lösung fand und erzählte ihm die Geschichte vom traurigen Karpfen Balduin. Der Reiher saß über den beiden und hörte so ebenfalls vom Wunsch des Karpfens. Der Entenvater wollte gern helfen, wusste aber noch nicht, wie. Da ein Karpfen nun einmal keine Flügel hat, müsste man ihn irgendwie in die Luft heben, vielleicht mit vielen Flügeln der Enten nach oben bringen. Er versprach seiner Tochter, sich darum zu kümmern. Am Abend versammelte er die anderen am Fischteich im Schlosspark und besprach mit ihnen seine Idee. Alle wollten gern helfen und die Entenmütter waren sehr geschickte Nestbauer. Sie bauten aus Schilf, Gras und Heckenästen ein längliches Nest, groß genug, um den Karpfen hinein zu legen. Sie würden das Nest dann zusammen mit ihren Schnäbeln fest-halten und losfliegen. Der Reiher kam an diesem Abend noch bei ihnen vorbei, weil er neugierig war, was den Enten einfallen würde. Er staunte nicht schlecht, als das Nest schon fertig war und er von dem Transportplan hörte. Langsam neigte er seinen Kopf zur Seite, wie er es immer tat, wenn er nachdachte.

„Ihr habt euch wirklich etwas Tolles einfallen lassen!", lobte er die Entenschar. „Aber es gibt ein weiteres Problem!".

Er klapperte kurz mit dem Schnabel und fuhr fort: „Ein Fisch könnte zwar auf diese Weise fliegen, aber leider ohne Wasser nicht überleben, er würde ersticken!" Erschrocken und aufgeregt schnatterten die Enten durcheinander. Das hatten sie nicht bedacht und es wäre zu einer Katastrophe gekommen, hätte der schlaue Reiher nicht aufgepasst. Als alle wieder ruhig waren, sagte er: „Ich habe mir den ganzen Tag ebenfalls meine Gedanken dazu gemacht. Die Menschen werfen hier oben bei euch oft ihre Menschendinge einfach ins Gras. Ich habe gestern etwas gesehen, in das wir Wasser füllen könnten, damit Balduin mit dem Nest fliegen kann. Man kann hindurchsehen und so kann er alles von oben sehen und atmen."

Die junge Ente rief laut: „Ich weiß, wo es liegt, ich hole es!" Zusammen mit zwei anderen Enten flog sie los und gemeinsam zerrten und schoben sie ein langes Gurkenglas herbei. Die Menschen hatte vor einigen Tagen am Fischteich gegrillt und alle Reste einfach liegenlassen. Nun hatte dieser Müll endlich mal einen Zweck. Das Glas passte genau in das frischgebaute Nest. Zufrieden und müde steckten die Enten ihre Schnäbel unter die Flügel und freuten sich auf den nächsten Tag.

Der Morgen begann früh, denn die Entenschar war aufgeregt und gespannt auf alles, was der Tag bringen würde. So flogen sie auch eher als sonst zum Weiher. Es war so zeitig, dass sogar Goliath gerade erst seinen langen Hals weit nach oben streckte, um seine müden Muskeln zu bewegen. „Da seid ihr ja schon!", staunte er, als alle Enten mit einem lauten „Platsch!" auf dem Teich landeten. Das Wasser schlug wilde Wellen und die meisten Teichbewohner kamen besorgt herbei. „Was ist denn los?", fragten sie in die Runde. Auch Familie Karpfen schaute sofort aus dem Wasser. Der Reiher Goliath klapperte zweimal mit dem Schnabel und allmählich verstummten die Tiere und schauten zu ihm. Die Sonne ging gerade auf und beleuchtete den Reiher mit einem goldenen Schein. Staunend dachten die Tiere, wie schön doch ihr Freund und Oberhaupt des Teiches war. Dann begann er zu reden: „Liebe Freunde, liebe Teichbewohner und Gäste! Heute ist ein besonderer Tag! Ein junger Karpfen wird heute genau ein Jahr alt!".

Balduin schaute neben seinen Eltern aus dem Wasser und konnte es kaum glauben...sprach der Reiher etwa über ihn? Der Reiher fuhr fort: „Die gesamte Entenfamilie hat sich ein Geschenk ausgedacht, um diesen einmaligen Tag zu etwas Besonderem zu machen!" Balduins Eltern schauten verwundert zu den Enten. Was konnte das sein? Ihr Sohn hatte bereits die Geschenke der Familie erhalten, was konnte nun noch kommen? Goliath flog hinunter auf den Teich und stellte sich mit seinen langen Beinen direkt neben Balduin: „Mein Junge, du wirst heute mit den Enten zum Fischteich und wieder hierher zurückfliegen!" Jeder am Teich dachte, der Reiher habe verdorbene Pflanzen gegessen und sei nun verrückt geworden, außer den Enten, aber die schwiegen. Ein fliegender Fisch, welch unglaublicher Blödsinn! Balduin verstand die Welt nicht mehr, es war sein Geburtstag und alle wollten sich wohl über ihn lustig machen? Hätte er der jungen Ente nur nichts von seiner Idee erzählt. In diesem Moment flogen 4 Enten davon und kehrten sofort mit einem komisch aussehenden Gebilde wieder. Und noch bevor Balduin traurig werden konnte, landeten die vier neben ihm und zeigten ihm ein Nest mit einem langen Gefäß. Sie füllten Wasser aus dem Teich ein und baten ihn, dort hinein zu schwimmen. Ängstlich schaute sich Balduin nach seinen Eltern um.

Seine Mutter schaute besorgt, sein Vater aber nickte nur. Er wusste, wie wichtig Balduin dieser Traum war. Balduin nahm allen Mut zusammen und schwamm in das Gefäß im Nest.

Er konnte von innen alles erkennen, es war zwar eng, aber er fühlte sich wohl. Plötzlich gab es einen Ruck, er sah viele Entenschnäbel, die fest in das Nest schnappten und dann…hob sich das Nest mitsamt Balduin in die Höhe. Vor lauter Schreck schloss er die Augen, öffnete sie aber gleich wieder.

Das war es schließlich was er immer wollte. Und nun flog er mit den Enten, es war unglaublich!

Der Teich und seine Eltern wurden kleiner und kleiner, dann verschwanden sie. Ein paar Glückstränen rollten über seinen Mund, aber das störte ihn nicht, er gewöhnte sich langsam an das Schaukeln des Nestes und staunte nur noch über die wunderbaren Dinge, die er sah. Als sie am Fischteich des Schlosses ankamen, hatte er nur noch wenig Wasser im Glas, denn bei den Bewegungen der Vögel schwappte immer wieder etwas heraus. Aber die Enten ließen ihn sanft auf das Wasser des Fischteiches und er schwamm einige Runden herum. Was für ein Glückstag, was für ein Geburtstag! Es war ein toller Ausflug, ein großes Abenteuer, aber er fing doch an, seine Eltern zu vermissen. Schließlich bat er die Enten, ihn wieder zurückzufliegen. Da die ersten vier Enten etwas erschöpft von dem schweren Transport waren, übernahmen vier andere Enten den Rückflug. Balduin schwamm wieder in das frisch gefüllte Glas und mit einem Ruck flogen sie los. Die Karpfeneltern warteten schon ungeduldig auf ihren Sohn und endlich sahen sie ihn am Himmel. Kurze Zeit danach landete er wieder neben ihnen im Weiher. Die Freude über das gelungene Geschenk war bei allen groß. Balduin bedankte sich überglücklich bei allen Helfern und besonders bei der jungen Ente, die es geschafft hatte, seinen größten Wunsch zu erfüllen. Seine Eltern waren so stolz auf ihn: den Fisch, der fliegen konnte. Aber nun fühlte er die Müdigkeit und Balduin verschwand in sein neues Pflanzenbett. Er träumte vom Fliegen und lächelte zufrieden, weil es nicht nur ein Traum geblieben war. Der Reiher nickte der Entenschar stolz zu, denn gemeinsam hatten sie es geschafft, einem aus der Gemeinschaft einen unvergesslich schönen Tag zu bereiten und eine Sache zu schaffen, die eigentlich unmöglich schien.

Kapitel 4

Der Raupenflug

Seit einiger Zeit beobachtete Frau Ringel, die Taube aus der Linde am Teich, ein ungewöhnliches Gebilde am Haselnussstrauch direkt neben ihrem Schlafplatz. Erst waren es kleine Bläschen, dann Perlen und nun sah es aus, als hätte jemand versucht Kugeln zu formen, es aber nicht gut gekonnt. Sie war eine neugierige Taube und wusste immer als Erste alles, was am Teich geschah. Was sollte sie sagen, wenn die anderen sie danach fragten? Sie hatte einen Ruf zu verlieren! Also schlich sie immer wieder um den Strauch herum, suchte nach einem Tier oder nach Menschen, die etwas mit dem Strauch machten, aber nichts und niemand waren zu sehen. Und das „Ding" an sich war auch ruhig und friedlich. Es veränderte zwar alle paar Wochen sein Aussehen, aber das taten die Pflanzen und tierischen Bewohner des Weihers auch. Neugierig zu sein, bedeutete, dass man sehr mutig wurde, wenn man etwas unbedingt wissen wollte. Frau Ringel schnüffelte und wagte sich ganz nah an das Gebilde heran. Es roch ein wenig seltsam, nicht nach Fisch oder so, einfach seltsam. Sie hatte es sogar mit dem Schnabel berührt und sich sehr mutig gefühlt. Aber es war nur weich und ein bisschen wabbelig. Was konnte das sein? Jeden Tag saß Frau Ringel nun auf ihrem Wachposten, direkt auf dem obersten Ast des Haselnussstrauches und behielt das „Ding" im Blick.

Sie wollte nicht die kleinste Veränderung verpassen. Und tatsächlich, nach 4 Wochen begann sich das Gebilde zu bewegen! Nicht alles, aber die Kugeln wackelten in einem Rhythmus, als wollten sie zusammen Musik machen. Das lockte Vater Krähe heran. „Was ist das?", fragte er die Taube. „Ich denke, es ist ein Menschending!", antwortete sie, damit die Krähe nicht erfuhr, dass sie gar nichts wusste. Das langweilte den Krähenvogel und er verschwand wieder. Er hatte wahrlich Besseres zu tun, denn die jungen Vögel in seinem Nest waren echte Vielfraße.

Was er auch herbeibrachte, es reichte nur kurz und schon schrien die Kleinen wieder wie am Spieß nach mehr! Von ihm hatten sie so ein Verhalten nicht! Aber das durfte er Frau Krähe natürlich nicht sagen und da sie beide hart arbeiteten, um die Rasselbande zu füttern, konnte er nur weiterhin sein Bestes geben. Am niedlichsten fand er die Vogelkinder, wenn sie endlich satt und müde in einen wunderbaren Schlaf fielen. Dann schauten die Eltern stolz und glücklich auf ihr Nest, bevor sie selbst in einen Halbschlaf fielen, erschöpft, aber immer aufmerksam genug, um jede Gefahr zu bemerken. Denn es gab einen Nachbarn, dem sie nicht trauten. Der alte Bussard lebte allein auf dem Kirschbaum im Garten des Bauern. Er war ein unfreundlicher Sonderling und niemand wollte etwas mit ihm zu tun haben. Da so ein großer Greifvogel durchaus die Nester anderer Vögel angreifen konnte, waren die Krähen sehr wachsam.

Frau Ringel kannte den Bussard natürlich auch gut. Schließlich war sie es, die die anderen vor ihm warnte. Hatte er ihr doch den perfekten Baum vor der Nase weggeschnappt. Sie wollte auf dem Kirschbaum ihr Nest bauen, aber der Bussard hatte nur geknurrt: „Denk nicht dran, hier wohne ich schon seit vielen Jahren!" Beleidigt über so viel Eigensinn, hatte sie angefangen, allen von dem Grobian zu erzählen. Er würde schon sehen, was er davon hatte. Er hätte schließlich einfach umziehen können, es gab ja noch andere Bäume im Garten!

Frau Ringel hatte gerade ihren morgendlichen Federputz beendet, da sah sie etwas Ungeheuerliches. Sie wusste nicht, ob sie Angst oder Erstaunen zeigen sollte! Das „Ding" sah heute Morgen verformt aus, so, als hätte jemand es von innen aufgeblasen. Die Taube konnte es vor Neugier nicht aushalten, sie flog näher heran. In diesem Moment fielen die weißen Spinnfäden, die sich um das „Ding" gewickelt hatten ab und sie sah ein braunes Gebilde, das gerade vom Ast nach unten hing und wie ein vertrocknetes Blatt im Wind wehte. Es hatte kleine Dornen an sich und in der Sonne glitzerten kleine goldfarbene Punkte.

Nun war es klar, Frau Ringel durfte niemandem davon erzählen, denn es war ein Schatz und sie musste ihn hüten! Sie flog los und holte nacheinander alle Birkenzweige, die sie am Ufer des Weihers finden konnte. Sie arbeitete konzentriert und schob die Zweige so in den Haselnussstrauch, dass ihr Schatz nicht mehr zu sehen war. Stolz betrachtete sie ihr Werk! Sie prüfte die Äste und sah dabei, dass es noch mehr von diesen glitzernden Dingern gab.

Sie platzte bald vor Freude, denn ihr Schatz war riesig und er gehörte nur ihr! Sie suchte sich eine gute Stelle, von der aus sie alles im Blick hatte und bezog ihren Posten.

Unter dem Strauch schlich der Kater Jerry durch die Brennnesseln, aber sie würde aufpassen und er sollte sich lieber nicht mit ihrem scharfen Schnabel anlegen!

Allerdings tat sich nichts und die Taube schlief erschöpft ein. Ein Knistern und Rascheln weckte sie. Sie fiel fast vom Strauch, denn ihr Schatz glänzte in der Sonne, er wackelte und dann sah sie es: er flog davon! Ein „vertrocknetes Blatt" nach dem anderen öffnete seine Seiten und wärmte sie kurz in den Strahlen der Sonne. Dann gab es ein Knistern und Rascheln und sie flogen zum Rapsfeld. Aber was sollte die Taube nun tun? Es war doch ihr Schatz und sie wollte ihn behalten? Sie flog zu den Birkenzweigen, die sie mit so viel Mühe besorgt und verarbeitet hatte. In diesem Moment flog einer dieser Falter auf ihre Stirn und hinterließ einen goldglänzenden Punkt zwischen ihren Augen. Frau Ringel war starr vor Angst. Was war geschehen? Sie flog schnell zum Weiher und schaute hinein. Diesen Trick hatte sie von ihrer Mama gelernt. Nun sah sie den goldenen Punkt! Er machte sie zu etwas Besonderem, aber das war sie ja sowieso! Sie wollte sich gern bedanken, aber als sie zum Nest zurückkam, waren alle weg! Sie schaute ihnen nach und wünschte eine gute Reise. Dann schüttelte sie sich und freute sich schon sehr darauf, den anderen ihren neuen Körperschmuck zu zeigen. Wer hatte schon einen glänzenden Punkt auf seinem Kopf? Wie gut, dass sie den Schatz so zuverlässig behütet hatte!

Kapitel 5

Da sind sie wieder!

Es fing damit an, dass die Menschen plötzlich um den Teich liefen und neugierig in alle Winkel schauten. Was suchten sie bloß? Sie kamen selten hierher und störten die Ruhe der Bewohner. Frau Ringel war natürlich bestens informiert, sie folgte den Menschen schon seit Stunden. Sie beobachtete sie auch auf der anderen Seite der Straße und sah genau hin. Die Tiere des Weihers konnten so froh sein, dass sie immer aufmerksam war. Und als die junge Ente, die Balduin zum Geburtstag überraschte, fragte, was los sei, sprudelte es aus ihr heraus. Noch eine Minute länger und sie wäre an den Worten erstickt! „Es sind die Menschen!" war das Erste, was sie erzählte. „Ach nee, ich dachte es seien die Kühe des Bauern!" witzelte die Ente und alle lachten. Frau Taube hatte zu viel zu berichten, um sich über einen frechen kleinen Entenschnabel zu ärgern. „Sie bauen die Zäune auf, sie sperren die Straße ab, damit die Kröten nicht von den rollenden Maschinen zermatscht werden!" Zufrieden schaute sie in die Runde, denn nur sie wusste das alles! „Die Menschen nennen diese stinkenden Ungetüme Autos!", sagte ein junger Erpel. Frau Taube schnaubte; mussten diese Enten immer alles besser wissen? Sie würde mal mit der Entenmutter reden müssen, genug ist genug!

Jedes Jahr aufs Neue begann die Krötenwanderung vom Fluss zum Teich. Die Straße lag genau dazwischen und die Menschen mit ihren Terminen achteten nicht sehr auf die Krötenpärchen, die zum Teich wollten, um dort den Laich mit den winzigen Babykröten abzulegen. Und dann, ein paar Wochen später fand dasselbe Schauspiel in die andere Richtung statt. Dann suchten sich die jungen Kröten den Weg zum Fluss. Warum das alles so umständlich war, wusste niemand. Aber die Natur hatte ihre eigenen Regeln.

Manche der Kröteneltern kamen schon viele Jahre und schafften es auch jedes Jahr wieder, die gefährliche Straße zu überqueren. Die Bewohner am Weiher freuten sich jedes Mal, denn die Kröten waren ein lautes und unterhaltsames Volk. Der neueste Tratsch vom Fluss und den saftigen Wiesen wurde genauso erzählt, wie auch die neuesten Lieder zum Besten gegeben wurden. Die Kröten waren Künstler, ja Meister im Gesang. Bis zum Frühjahr grübelte jeder von ihnen, welche neuen Texte und Melodien dem Publikum gefallen könnten. Am dritten Tag nach dem Beginn der Krötenwanderung gab es dann ein großes Konzert unter der alten Weide. Ein perfekter Platz, denn dort konnten sich alle Zuhörer versammeln und dem Wettbewerb der Kröten um die besten Lieder lauschen. Nur der Bauer störte den Genuss, denn er schimpfte an diesem Abend lautstark über den Hof, ob denn dieses furchtbare Gequake endlich mal aufhören könne. Aber was wussten die Menschen schon!

Kapitel 6

Die Feder

Goliath, der Reiher schaute an diesem Morgen etwas verschlafen aus den oberen Zweigen der alten Weide. Er hatte viel länger geschlafen, weil er sich am vollen Mond der letzten Nacht nicht sattsehen konnte. So ging es ihm immer, wenn der Himmel den Blick auf diese strahlende Himmelskugel freigab. Viele Tiere klagten in dieser Zeit über schlechten und unruhigen Schlaf. Der Reiher fand es wunderbar, einfach in den Mond zu schauen. Es beruhigte ihn und ließ den Frieden der Nacht noch friedlicher werden.

Nun ließ er sich von seinem Schlafzweig gleiten, um seine Füße durch das saubere und kalte Wasser des Teiches zu erfrischen. Dann putzte er sein Gefieder, trank etwas und knabberte an den saftigen Seerosen. Plötzlich traf ihn etwas an der Stirn und fiel aufs Wasser. Sofort stürzte Frau Krähe hinterher und fischte das „Etwas" wieder aus dem Wasser. Sie mochte eigentlich den Weiher nicht, er erschien ihr unheimlich, weil er tiefer als ihre Badepfützen war. Also musste es um eine wichtige Sache gehen, wenn sie sich mutig auf den Teich stürzte. Goliath schaute verdutzt, was war hier los? Frau Krähe schaffte es, schnell wegzufliegen, aber der Reiher sah, dass sie in die Birke flog. Dort baute sie seit einigen Tagen ein schönes neues Nest.

Er rief ihr nach: „Wohin so schnell und was hat mich gerade am Kopf getroffen?" Er sagte es mit lauter Stimme, damit sie ihn auch hören konnte. Mürrisch schaute der alte Bussard aus seinem Kirschbaum und fühlte sich mal wieder in seiner Ruhe gestört.

Die Krähe antwortete: „Es ist nichts, Goliath, ich habe nur eine besonders wichtige braune Feder für meinen Nestbau verloren. Ich wollte dich nicht treffen oder stören!".

Der Bussard beschloss, sich die braune Feder doch einmal aus der Nähe zu betrachten. Hier gab es außer ihm keinen Vogel mit braunem Gefieder. Und er hatte keine Feder verloren. Also flog er auf die Birke und fragte nach. Die Krähe hatte ein wenig Angst vor dem größeren Bussard. Aber wenn es um ihr Nest ging, würde sie kämpfen. Der Bussard fragte, ob er die Feder mal sehen könne. Frau Krähe wunderte sich und sagte: „Du bekommst sie nicht, ich habe sie gefunden und werde sie behalten!" Aber sie deutete auf die linke Ecke ihres Nestes und der Bussard hüpfte aufgeregt näher. Die Krähe hielt Ausschau nach ihrem Mann, wo war er nur, wenn sie ihn brauchte? Der Bussard atmete immer schneller und aufgeregter. Er kannte diese Färbung, aber das konnte doch nicht sein! Mit rauer Stimme fragte er: „Wo hast du die Feder her?" Frau Krähe bekam es nun doch mit der Angst zu tun: „Wenn du sie unbedingt willst, nimm sie, aber lass mich in Ruhe!". Der Bussard konnte kaum sprechen: „Ich will sie dir nicht wegnehmen, aber bitte sag mir, wo du sie gefunden hast!". Hatte sich die Krähe verhört? Hatte der alte Griesgram tatsächlich gerade „bitte" gesagt? Verdutzt zeigte sie auf den etwas entfernt liegenden Hügel und erklärte, dass es dahinter einen Wald gäbe, in dem sie Verwandte besucht habe.

Dort hatte sie die Feder unter einer Eiche gefunden. Der Bussard wischte sich eine Träne ab und fragte, ob sie ihm wohl die Stelle zeigen könne. Nun, sie war gerade erst zurückgekommen und hatte eigentlich keine Lust, die Strecke noch einmal zu fliegen, aber sie war auch zu neugierig, um es nicht zu tun. Und das Verhalten des Greifvogels war wirklich seltsam. Also flogen sie los.

Frau Krähe hatte Mühe, dem Bussard zu folgen, denn so schnell hatte sie ihn noch nie fliegen sehen. Meist drehte er seine Runden ganz oben am Himmel, bei den Wolken, mit den Schwalben und manchmal konnte man ihn von der Erde aus kaum noch erkennen.

Endlich kamen sie an dem Wald an, von dem die Krähe berichtet hatte. Sie zeigte dem Bussard den Platz, an dem sie die Feder aufgesammelt hatte. Es war niemand zu sehen, also was sollte das Ganze? Der Bussard wurde unruhig, was hatte er sich nur wieder eingebildet? Traurig senkte er den Kopf, da hörte er wildes Kreischen und sah eine dunkle Wolke auf sich zu fliegen. Was war denn das? Es waren die Krähen, denn wenn eine von ihnen rief, kamen sie immer. Und Frau Krähe hatte gerufen, einen einzigen Schrei, den der Bussard in seiner Aufregung wohl nicht mitbekommen hatte. Aufgeregt landete der Schwarm direkt auf der Eiche und alle wollten wissen, was hier los war. Der Bussard seufzte noch einmal tief. Nun war es wohl an der Zeit, seine Geschichte zu erzählen. Und er erzählte von seiner Frau Gesa, ihrem Verschwinden und seiner ewigen Suche nach ihr. Die Krähen lauschten und staunten. Es war ihnen sofort klar, dass sie helfen mussten, denn sie hielten immer zusammen, wenn einer von ihnen in Not war. Der Bussard gehörte schon lange zum

Weiher, so dass sie nicht zögerten. Sie teilten sich in kleine Suchtrupps auf und flogen in alle Ecken des Waldes. Lange Zeit hörte man nichts, nur die normalen Geräusche des Waldes. Ein Buntspecht hämmerte auf eine Baumrinde ein, als wolle er den ersten Preis im Lochhacken erhalten, ein Eichhörnchen knabberte genüsslich an einem Tannenzapfen und der Wind bewegte die Bäume mit einem leichten Knarren in die Richtung, die er vorgab.

Eine junge Krähe kam schließlich als Erste zurück, sie hatte nichts über die Bussard-Frau erfahren. Nach und nach kamen sie alle wieder, kein Waldbewohner hatte ihnen etwas darüber erzählen können.

Es fehlte nur noch Johnny, der kleine Krähensohn und seine Mutter machte sich schon wieder Sorgen, dass ihn irgendeine verrückte Idee in Schwierigkeiten gebracht haben könnte. Goliath hatte ihr gesagt, sie solle dem Kleinen mehr zutrauen und nicht immer an das Schlimmste denken. Der Reiher hatte gut reden, er selbst war ja schließlich so wohlgeraten und klug. Sie rief nach Johnny und tatsächlich sah sie ihn heranfliegen. Er war völlig zerzaust, die Federn standen in alle Richtungen. Ach herrje, seufzte sie, was ist da bloß wieder los und was würden die anderen Krähen sagen, weil er mal wieder aus der Reihe tanzte? Johnny war völlig aus der Puste und musste erst einmal nach Luft schnappen. Dann keuchte er: „Ich glaube, ich habe sie gefunden! Sie heißt Linda und ist viel kleiner als unser Bussard! Aber sie sieht ihm ähnlich!". Der Bussard erwiderte: „Aber ihr Name ist Gesa! Sie ist natürlich kleiner als ich, aber es ist sicher eine andere Vogeldame!". Frau Krähe dachte an die Worte des Reihers und legte einen Flügel um ihren Jungen. „Ich glaube dir, mein Schatz! Zeig uns doch einmal, wo du sie gesehen hast!" Johnny schaute seine Mama an und fühlte, wie ihm der Freude die Tränen in die Augen trieb. Aber er wollte sich vor den anderen so nicht zeigen und flog los. Wie eine schwarze Wolke mit einem braunen Fleck machte sich die Vogelschar auf den Weg. Sie mussten Kurven und Schleifen fliegen, über Bäume hinweg und unter dicken Ästen entlang, bis sie an ein dichtes Unterholz kamen. Johnny landete und sagte: „Von hier an müssen wir laufen!" Das Laufen war nicht gerade die Lieblingsdisziplin der Vögel und so folgten sie dem Kleinen im Watschelgang. Wäre es nicht so wichtig und ernst gewesen, hätte man laut lachen wollen.

Es war ein beschwerlicher Weg, aber sie schafften es. Nun sahen alle Vögel so zerzaust aus wie der Krähenjunge, die herumliegenden Äste hatten ihre Federn in alle Richtungen gezerrt. Aber sie waren endlich alle an der kleinen lichten Stelle mitten im Unterholz angekommen. Die Sonne schickte einige Strahlen durch die Äste und dann sah man es: mitten im Sonnenschein saß ein kleiner weiß-brauner Bussard und machte sich ängstlich noch etwas kleiner. Die Krähen blieben stehen, denn so etwas Schönes hatten sie lange nicht gesehen. Der alte Bussard schob sich durch die Krähenschar und wirkte wie versteinert. „Gesa? Bist du es? Gesa, ich bin es, Bruno, dein Mann!" Die Krähen sahen einander erstaunt an, niemand war jemals auf die Idee gekommen, dass der Bussard einen Namen haben könnte, er sprach ja mit niemandem. Also Bruno, der Bussard und Gesa, seine Frau! Halt, soweit konnte noch nicht gesprochen werden. Die hübsche Bussard-Frau schaute sich um und dann blieb ihr Blick an dem großen Bussard hängen. Ihre traurigen Augen blinzelten mehrmals, dann kam ein Leuchten, als schiene die

Sonne aus ihr. Sie fragte leise: „Bruno? Ich habe den Namen so lange nicht gehört, ich hatte ihn vergessen." Nun wirkte sie wie verwandelt, sie erkannte ihn! Sie liefen die wenigen Schritte zwischen sich aufeinander zu und rieben dann ihre Schnäbel aneinander. Alle waren ganz außer sich vor Freude und als sie sich wieder beruhigt hatten, erzählte Gesa ihre Geschichte. Sie war vor langer Zeit in den großen Wald geflogen, um Material für den Nestbau zu sammeln. Plötzlich kam starker Wind auf und erste Blitze zuckten über den Himmel. Sie wollte sich einen geschützten Platz suchen und setzte sich unter die dichten Zweige einer Tanne. Ein Blitz schlug direkt in den Nachbarbaum ein und sie hörte es laut knacken, dann spürte sie einen Schlag und fiel vom Baum. Da es eine sehr hohe Tanne war, wurde sie von einer Windböe erfasst und landete unsanft auf dem Boden, direkt in diesem Unterholz. Sie hatte furchtbare Kopfschmerzen und wusste nicht mehr, wo sie herkam oder was sie wollte und wer sie war! So blieb sie immer in der Nähe des Gewirrs aus Ästen, umgestürzten Bäumen und dichtem Pflanzenwuchs.

Sie hatte Angst wegzugehen oder zu fliegen, denn sie hatte alles vergessen. Sie wurde von den anderen Tieren des Waldes gefragt, wie sie heiße, wo sie herkäme? Sie erfand den Namen Linda und sagte, sie habe am anderen Ende des Waldes gewohnt, bevor sie umgezogen sei. So hatte sie ihre Ruhe.

Den Zuhörern standen die Schnäbel offen, einige wischten ihre Tränen weg und Bruno schmiegte sich ganz eng an Gesa, denn sie weinten beide. „Willst du mit nach Hause kommen?", fragte der Bussard liebevoll.

„Natürlich will ich mit dir kommen, aber ich muss mich an mein Zuhause erst wieder gewöhnen!", erwiderte Gesa.

Sie machten sich alle auf den beschwerlichen Rückweg und waren froh, als sie das offene Feld vor sich hatten. Endlich wieder frei die Flügel bewegen und durch die Lüfte gleiten. Wie die Menschen das nur aushielten, dieses ständige Laufen!

Inzwischen war es fast dunkel geworden und so würden sie am nächsten Morgen eine unglaubliche Geschichte erzählen können, die die Enten endlich einmal sprachlos machen würde. Frau Krähe ließ sich auf dem Schlafbaum nieder und hob einen Flügel, damit Johnny darunter schlüpfen konnte. Völlig erschöpft von diesem aufregenden Tag hörte er beim Einschlafen noch, wie sie ihm zuflüsterte: „Ich bin sehr stolz auf dich, mein Sohn!". Glücklicher begann er nie zu träumen.

Kapitel 7

Zu viel ist zuviel

Der Sommer kam früh und alle freuten sich über die wärmende Sonne. Jeden Morgen kam sie zuverlässig über das Land und den Weiher, um Gutes zu tun. Die Pflanzen konnten wachsen, die Tiere sich bewegen und auch die Menschen genossen die Strahlen gern. Sie holten bunte Schirme, Tische und Stühle heraus und saßen fröhlich in ihren Gärten.

Die Entenschar konnte genau sagen, was die Menschen Neues machten oder besaßen. Sie waren schließlich die Bewohner von Himmel und Erde. Sie sahen alles von oben, hörten die meisten Geschichten und erzählten es brühwarm den Teichbewohnern. Heute kamen sie in der Mittagszeit mit neuen Nachrichten aus dem nahegelegenen Schlosspark. Dort verbrachten sie die Morgen- und die Abendstunden. Sofort nach der Landung auf dem Weiher schnatterten sie alle durcheinander. Es war ein Lärm in dem niemand auch nur ein einziges Wort verstand. Goliath döste in der Sonne und war verärgert über diese Störung. „Was gibt es denn nun schon wieder?", fragte er mit müder Stimme. „Die Teiche am Schloss!!! Sie haben kaum noch Wasser!!!", riefen die Enten im Chor. Der Reiher war erstaunt, denn er war gestern erst zum Schloss geflogen und alles war in bester Ordnung gewesen. „Wie konnte das geschehen?", fragte er beunruhigt. Ein alter Erpel antwortete ihm: „Die Sonne…sie scheint schon seit vielen Tagen und es fiel kein Regen seither. Alles trocknet aus!". Goliath nickte zustimmend, dann schüttelte er den Kopf. Wieso hatte er es nicht rechtzeitig bemerkt? Er kannte den Kreislauf seit frühester Kindheit: wenn die Sonne schien, regnete es auch irgendwann und dann konnte alles Leben sich gut entwickeln. Nun fehlte es an Regen und die Sonne hörte nicht auf, den täglichen Rundgang mit ihren heißen Strahlen zu machen. Besorgt blickte der große Vogel nach oben. Der Himmel war in seinem zarten Hellblau wunderschön anzusehen, aber ohne Wolken. Ohne Wolken kam kein Regen und die Sonne trank alles Flüssige gierig aus. Der Weiher hatte bereits Wasser verloren, das sahen die Bewohner jetzt auch. Es herrschte tiefe Stille, denn die Sorgen ließen keine Gespräche mehr aufkom-men. Der Reiher sprach schließlich mit fester Stimme: „Wir müssen uns mit dieser Situation abfinden! Wenn es nicht bald regnet, müssen wir sparsamer mit dem Wasser umgehen. Sucht euch schattige Plätze und versucht, einander zu helfen!".

Alle Teichbewohner hielten sich an diesen Rat und halfen sich gegenseitig. Die Enten badeten nicht mehr ausgiebig wie sonst, um den Fischen nicht das kostbare Wasser wegzunehmen. Frau Ringel bezeichnete sich immer gern als große Baumeisterin und nun konnte sie es beweisen, denn sie baute Schattendächer aus Schilfblättern, damit sich die kleineren Tiere darunter vor der brennenden Sonne schützen konnten. Das Leben verlangsamte sich, erst in den Nächten kam wieder Bewegung in alle. Auch die Menschen stöhnten unter der Hitzewelle, es standen schon längst keine bunten Schirme, Tische oder Stühle mehr in den Gärten. Der Bauer beobachtete seinen Weiher mit großer Sorge, stellte kleine Wannen mit Wasser in den Schatten der Bienenstöcke und streute etwas Hühnerfutter auf ein Holzbrett, von dem sich die Tiere bedienen konnten. Nicht einmal der freche Kater Jerry hatte noch Lust, sich anzuschleichen oder jede Bewegung zu verfolgen. Er lag im Schatten unter dem Traktor seines Menschen und verschlief die Tage.

Ein kleines Entenjunges konnte die Ruhe nicht aushalten und paddelte von einem Ufer zum anderen. Die Entenschar hatte es aufgegeben, ihm zu erklären, dass er seine Kräfte nicht so verbrauchen sollte. Gerade als er zurückschwamm, traf ihn etwas am Kopf. Verwundert schaute er sich um, wer oder was das gewesen sein könnte, da traf es ihn erneut, diesmal auf dem Rücken. Er wurde langsam wütend und wollte losschreien, da schaute er nach oben und platsch! traf es ihn nah am Auge. Er schüttelte sich und dann verstand er: es waren dicke, fette Regentropfen! Alle waren so müde und erschöpft, dass sie den Himmel nicht mehr beobachtet hatten. Dicke weiße und dunkel-graue Wolken türmten sich auf dem Weg zum Weiher. Der kleine Erpel war so aufgeregt, dass sein Schreien eher ein Krächzen war: „Es regnet!", rief er so oft, bis es laut genug war und alle ihn hörten. Die Tropfen fielen groß und schwer auf das Land und das Wasser, wo jeder mehrere Kreise hinterließ. Die Tiere konnten es nicht fassen. Sie sprangen herum, umarmten sich und tanzten nach ihren eigenen Melodien. Endlich! Der Regen nahm zu und obwohl sich alle freuten, wurde es Zeit, einen guten Unter-schlupf vor dem wunderbaren Wasser von oben zu finden.

Jerry, der Kater erhob sich langsam, rannte dann aber über den Hof in den Stall. Schließlich putzte er sein Fell stets gründlich und kein Regenwasser der Welt machte sein Haarkleid jemals so glänzend. Der Regenschauer wurde langsam ein Platzregen und hörte gar nicht wieder auf. Die Erde war so trocken wie Stein, deshalb konnte das Wasser nicht abfließen und bildete kleine Bäche. Aus den Bächen wurde bald ein kleiner Fluss, der sich Welle für Welle weiterschob. Der Regen prasselte auf alles, er war laut und wurde noch stärker. Inzwischen war kein Tier mehr

zu sehen, sie hatten sich alle ein Versteck vor diesen Wasser-
massen gesucht. Es dauerte nicht lange und überall stand das
Wasser. Goliath saß im Schutz der Weide, aber auch für ihn
wurde es langsam ungemütlich. So war es mit der Natur wie mit
allen Dingen: zu viel von allem tut niemandem gut!

Es regnete noch einige Zeit und plötzlich war es vorbei! Kein
Wasser von oben und das Wasser am Boden konnte abfließen.
Überall schüttelten sich die Teichbewohner, die Fische streckten
neugierig ihre Köpfe heraus und selbst Jerry schlich wieder über
den Hof. Nur noch nicht auf die Wiese am Weiher, er wollte sich
schließlich keine nassen Pfoten holen, das ging nun wirklich
nicht!

Kapitel 8

Ach der hippelige Sohn

Keiner hatte es kommen sehen. Sie waren so bemühte und glückliche Eltern. Und ihre 3 Kinder waren alle geliebt, wunderschön und schwarzglänzend...aber so verschieden! Das Krähenmädchen Lotta war ein niedlicher Vogel, ihr Bruder Ari ein Schatz, und der Letzte im Bunde war Johnny. Vielleicht hatten sie ihm den falschen Namen gegeben? Vielleicht waren sie selbst schuld an allem? Denn Johnny machte nur Ärger, steckte voller Energie und konnte nicht stillhalten. Früh am Morgen ging es los, er war bereits als Jungvogel fünfmal fast aus dem Nest gefallen. Er war zu wild, dachte nicht nach und trieb alle in den Wahnsinn! Natürlich hatten sie ihn lieb und wollten nur das Beste für ihren Vogeljungen. Aber was war das Beste? Die Krähenmama weinte manchmal, weil sie nicht mehr wusste, wer oder was da helfen konnte. Und so saß sie mal wieder oberhalb des Weihers auf einer alten Pappel und war sehr traurig. Johnny fand keine Freunde, er konnte sich nicht so benehmen wie die anderen Vögel, was sollte nur aus ihm werden? Die Pappel war ein gutes Versteck, weil ihre Blätter die ganze Zeit rauschten. So hörte niemand Frau Krähe weinen, bis auf Vater Hase, der unter dem Baum saß, versteckt im hohen Gras. Er wollte eigentlich ein Nickerchen machen, da hörte er das Geschluchze aus den Ästen und sah die Krähe. Nicht ansprechen, wenn sie weinen, das hatte ihm schon sein Vater beigebracht! Also flitzte er schnell zum Weiher, um Hilfe zu suchen. Der Reiher sah erstaunt auf den Hasen, der schwer atmete und sagte: „Nun nochmal langsam, ich habe nichts verstanden!". Der Hase erzählte von seinen Beobachtungen und der Reiher sah besorgt zur Pappel. Was konnte geschehen sein?

In diesem Moment gab es einen lauten Knall und Johnny, das Krähenkind knallte an den Ast, auf dem Goliath saß. Alles wackelte und beinahe wäre der Reiher vom Ast gefallen. Johnny saß etwas benommen am Teichrand, er würde wohl eine Beule haben.

Das Krähenpaar kam herbeigeeilt, um zu sehen, was schon wieder passiert sei. Bevor der Kleine etwas erklären konnte, sagte Goliath mit seiner ruhigsten Stimme: „Nichts passiert, ich habe nicht aufgepasst und bin beim Losfliegen gegen Johnny geprallt!". Der Krähenjunge konnte es gar nicht glauben. Zum ersten Mal hatte jemand gesagt, dass er keine Schuld an einem Unglück trug, das er ja auch nicht wollte! Verwundert schaute er nach oben und schwieg, auch zum ersten Mal. Für alle blieb das Geschrei und Geschimpfe aus. Da es nichts mehr zu sagen gab, flogen die Vögel davon, die anderen Tiere machten weiter mit dem, was sie vorher gemacht hatten. Frau Krähe atmete erleichtert aus und flog zufrieden auf den Apfelbaum des Bauern.

Johnny wartete eine Weile, bis niemand mehr in der Nähe war, dann fragte er mit leiser Stimme: „Warum hast du das getan? Und es tut mir leid, dass ich nicht aufgepasst habe. Mir passieren ständig solche Sachen und niemand mag mich, weil ich immer nur Ärger mache!" Der kleine Krähenjunge senkte den Kopf und schniefte ein Tränchen weg. Goliath streckte sich erst einmal. Johnny konnte nur staunen, wie groß und schön der Reiher war.

Sicher hatte er keine Ängste und erlebte niemals komische Situationen!

„Johnny, mein Kleiner! Du erinnerst mich an meine Kindheit!" sprach der Reiher. „Warum? Gab es da auch einen komischen Krähenjungen wie mich?", erwiderte der Schwarzgefiederte. „Nein, aber immer, wenn ich umherflog, riefen alle: „Ach, der hippelige Sohn von Gowan ist wieder unterwegs! Passt alle auf!".

„Wer ist Gowan?", wollte der Jungvogel wissen. „Mein Vater!", schmunzelte der Reiher, denn das hätte sich der Kleine nun wirklich denken können. Johnny blickte auf den Weiher. Plötzlich dämmerte es ihm. „Oh, du warst der Sohn! Aber das kann doch nicht sein, du bist doch gar nicht hipperlig!". „Was ist hipperlig eigentlich?". Geduldig antwortet der Reiher: „Es heißt hippelig und bedeutet unruhig und ständig in Bewegung." Johnny wollte wütend werden, denn eher würden die Wolken in den Weiher fallen, als dass er so einen Quatsch glauben könnte! Er schaute den Reiher an und sah, dass er es ernst meinte. „Aber…", stotterte er: „du bist der ruhigste, schlauste und wichtigste Vogel hier!"

Und Goliath erzählte dem verwirrten Johnny alles: dass er als junger Vogel viel Unfug machte, ständig ausgeschimpft wurde oder Strafen erhielt, dass er oft nicht wusste, warum alle sauer auf ihn waren und er manchmal sauer auf die anderen Tiere war. Die Krähe konnte es nicht glauben, dass konnte doch nicht sein. Johnny wurde immer ruhiger und fragte schließlich: „Wie hast du es denn geschafft, so zu sein, wie du heute bist?"

„Ich habe mir Sachen ausgedacht, die mir helfen mich ruhig und gelassen zu verhalten! Und wenn du es willst, kann ich sie dir beibringen!". Und ob der kleine Unglücksrabe das wollte! Von nun an kam er jeden Tag zu Goliath. Sie flogen gemeinsam auf die Felder, damit sie ungestört üben konnten. Der Reiher zeigte ihm, wie man 10 Striche in altes Holz ritzte, wenn man wütend wurde, welcher Platz sicher war, wenn man seine Ruhe wollte, wie wichtig es war, seine Schritte leise mitzusprechen und wie man Streit ausweicht. Johnny versuchte, zu überlegen, was alles passieren könnte, wenn er seine Ideen ausführte und er wurde immer besser in all diesen Dingen. Goliath war stolz auf den kleinen Kerl und freute sich, dass es nun für sein Wissen einen gelehrigen Schüler gab. Sie hatten beide etwas davon und fielen abends in einen tiefen Schlaf, mit der Vorfreude auf einen neuen Tag.

Kapitel 9

Nichts ist, wie es scheint

Jerry war ein hübscher grauer Kater und er wusste, dass er gut aussah. Mit stolz erhobenem Kopf machte er jeden Morgen einen Kontrollgang durch sein „Königreich". Der Bauernhof und das gesamte Gelände mit dem Weiher gehörten dazu. Er hatte bemerkt, dass alle Tiere ihn hochachtungsvoll betrachten, das hatte er natürlich auch verdient. Ohne ihn wäre dieser Hof völlig sich selbst überlassen, alles würde kreuz und quer laufen und niemand könnte das Chaos aufhalten. Aber er war ja da und sorgte für Ordnung. Die Mäuse kamen nicht mehr in die Ställe und erschreckten die Kühe mit ihrem Geraschel im Stroh. Die Enten blieben am Weiher und marschierten nicht mehr einfach so überall herum. Die verrückten Schwalben hielten Sicherheitsabstand, weil er ihnen deutlich gesagt hatte, dass er dieses dichte Vorbeifliegen an seinem Kopf für unmöglich halte. Eigentlich sollten die anderen Bewohner von Haus und Hof sich bei ihm bedanken. Aber er war ein großzügiger Herrscher, er tat anderen Gutes und verlangte keinen Dank!

Er hatte es sich gerade auf seinem Lieblingsplatz unter dem Traktor des Bauern gemütlich gemacht, als er im Augenwinkel eine Bewegung sah. Er war ein Vollblutkater und sofort in Alarmbereitschaft. Von seinen Eltern hatte er gelernt, keine überstürzten Bewegungen zu machen, sondern stattdessen völlig ruhig zu bleiben und die Situation einzuschätzen.

Also tat er das, was er neben dem Anschleichen am besten konnte, er stellte sich schlafend und beobachtete alles nur durch einen kleinen Schlitz seiner fast geschlossenen Augen.

Aber das konnte doch nicht wahr sein! Direkt vor seinen Augen saß eine Maus. Naja, eher ein Mäuschen. Winzig klein mit schwarzen Knopfaugen und wirklich sehr nah. Jerry musste sich beherrschen, um nicht einfach sein Maul zu öffnen und den kleinen Happen zu verschlingen. Aber irgendetwas stimmte auch nicht mit dieser Maus. Wieso kam sie immer näher? Sie schnupperte an Jerrys Pfote und er platzte bald. Was für eine Unverschämtheit!

Er zischte leise durch seine scharfen Zähne: „Was soll das werden, bist du verrückt?" und das kleine Mäuschen antwortete mit piepsiger Stimme: „Oh, wer spricht da? Ich kenne deine Stimme nicht, bist du es Tante Annie?". Welche Tante und wieso sollte er die Stimme einer Tante haben? Der Kater war kurz davor, dieses kleine Wesen anzuschreien oder aufzuessen. Aber er blieb ruhig und fragte: "Sag mal, bist du blind?" und das Mäuschen wich einen Schritt zurück, antwortete dann aber tapfer: „So ist es, aber ich habe keine Angst, weil ich groß und stark werde!" Nun musste der Kater aber doch lachen. Er hatte schon lange nicht mehr gelacht, denn ein Herrscher wie er machte so etwas nicht. Die kleine Maus wackelte nervös mit dem Näschen, blieb aber sitzen. Da hörte der Kater mit dem Lachen auf und betrachtete sich das kleine Wesen. Sie sah aus wie eine Maus, sie roch wie eine Maus, aber sie sah ihn nicht und auch nichts um ihn herum. Wie das wohl ist? Jerry schloss kurz die

Augen und es wurde dunkel. Das war ja ganz erholsam, wenn er schlafen wollte, aber immer? Schon lange hatte nichts mehr sein Herz berührt, aber die Kleine tat ihm leid. War sie eigentlich eine Kleine oder ein Kleiner? „Wie heißt du? Wo wohnst du?" fragte er wieder leise, er wollte sie ja nicht erschrecken. „Ich bin Kimmy und wohne mit meinen Eltern neben Familie Hase. Meine Eltern und Geschwister besuchen die Verwandten hinter den Bergen. Frau Hase soll auf mich aufpassen, aber ich finde es dort so schrecklich langweilig. Ich sitze den ganzen Tag in einer Ecke des Hasenbaus und habe nichts zu tun! Bitte schick mich nicht zurück!" Der Kater kannte die Hasenfamilie, sie hatten immer so viele Kinder, die den ganzen Morgen herumsprangen. Kein Wunder, dass sich niemand um das blinde Mäuschen kümmern konnte. Aber was sollte jetzt werden? Zum ersten Mal seit ewigen Zeiten war der Kater ratlos. Sein Blick fiel auf den Weiher und dort übte Goliath, der Reiher, gerade mit dem Krähenjungen, wie er seine schlechte Laune wegstampfen konnte. Jerry war zwar der Herrscher hier, aber der Reiher war ziemlich schlau. Ja, ihn würde er fragen. Er bat das Mäuschen, sich nicht von der Stelle zu bewegen, weil er gleich wieder da sei.

Jerry sprach nicht oft mit dem Reiher, aber heute musste es sein. Goliath hörte ihm zu und war erstaunt, dass die Mäusefamilie einfach ohne Kimmy verreiste. Als Erstes musste Familie Hase informiert werden, dass das Mäusemädchen wohlauf war und beim Kater gelandet ist. Halt, das konnte er unmöglich so erzählen, die Hasen würden durchdrehen. Er selbst staunte schon genug, dass der Kater die Maus nicht einfach verspeist hatte. Also versprach er Jerry, er werde mit den Haseneltern sprechen. Aber wie sollte es weitergehen? Jerry hatte die Idee, das kleine Mäuschen auf den Weg zum Hasenbau zu bringen und dort könnten die Hasen es abholen. Das klang nach einem guten Plan und so trennten sich Goliath und der Kater, um ihre Aufträge zu erfüllen. Jerry ging zurück zum Hof und als er gerade bei den Bienenstöcken war, bemerkte er einen Schatten über seinen aufmerksamen Augen. Er schaute nach oben und begriff blitzschnell, dass es nur Robin, der gierige Sperber sein konnte und der flog direkt auf die Stelle zu, an der Kimmy warten sollte. So schnell wie es nur ein Katzenwesen schaffen konnte, rannte Jerry los und mit einem weiten Sprung landete er genau neben der Maus, als der Sperber schon zum Sturzflug ansetzte. Wütend flog der Jäger über Jerrys Kopf und der Kater fauchte ihn an.

Kimmy hatte wohl nichts mitbekommen, sie saß einfach da und das war auch gut so. Jerry schüttelte sich und konnte nicht glauben, dass er gerade einer Maus das Leben gerettet hatte. Einer Maus!

Seltsam, aber sie war doch so hilflos und niedlich mit ihren schwarzen Knopfäuglein! Kimmy fragte: „Alles in Ordnung? Du hast so komische Töne gemacht? Wie heißt du eigentlich und wer bist du?" Jerry dachte kurz nach, denn er konnte unmöglich sagen, wer er wirklich war. Sicher hatte die Mäusemama ihren Kindern schreckliche Geschichten über den Kater des Bauern erzählt. Also sprach er: „Ich bin Tom, ein Freund von Goliath, dem Reiher!". Die Maus nickte, denn Goliath kannte nun wirklich jeder hier. Der Kater versuchte nun, die kleine Kimmy in Richtung des Weges zum Hasenbau zu bewegen, indem er ihr Hinweise beim Laufen geben wollte. Erstaunlicherweise fand sich die Maus gut zurecht, sie wackelte die ganze Zeit mit ihrer Nase und tastete sich mit den langen Schnurrhaaren an Steinen und anderen Hindernissen vorbei. So kamen sie zum verabredeten Platz und bevor der Kater sie an Goliath übergab, versprach er ihr, dass sie sich wiedersehen würden. Der Reiher legte seinen Kopf schief, denn das waren ja wirklich erstaunliche Vorgänge. Jerry stupste die Maus noch einmal an, dann ging er majestätisch wie immer zurück zum Hof. Da kam auch schon Frau Hase, aber statt mit Kimmy zu schimpfen, nahm sie sie zwischen ihre Vorderpfoten. Sie war besorgt und glücklich, dass dem kleinen Mädchen der Nachbarn nichts passiert war. Schließlich schlich hier ständig dieser unsympathische Kater herum, der sicher so einen Leckerbissen nicht verschmäht hätte!

Kapitel 10

Weiße Kälte

Es war sehr still geworden am Weiher, denn über Nacht fielen dicke Flocken aufs Wasser, aufs Land und auf die Enten, die noch im Schilf schliefen. Die jungen Enten hatten das noch nie gesehen und waren unsicher. Aber die Eltern erklärten, dass es nun Winter werde und die weißen Flocken sich sanft wie Watte auf die Erde legten. Das hieße dann Schnee.

Es würde auch kalt werden und deshalb sei es sehr wichtig, die Federn gut zu pflegen, damit sie auch richtig warmhalten würden. Eltern mussten wohl immer auf eine einfache Frage mit einem Vortrag reagieren, dachten sich die Jungvögel. Aber dann siegte die Neugier und sie begannen, die weiße Fläche zu erkunden. Es hatte inzwischen länger geschneit und wie wunderbar war es, im weichen Schnee einzusinken. Sie kosteten ihn auch, er schmeckte aber nach nichts. Doch wenn sie mit ihren Flügeln schlugen, wirbelten die Flocken um sie herum, als wären sie weiße Schmetterlinge. Das war ein Spaß!

In der nächsten Nacht kam die Kälte zum ersten Mal. Alle Tiere rückten näher zusammen, um sich gegenseitig zu wärmen. Der Weiher versteckte sich unter einer Schicht aus Eis, schützte Pflanzen und Fische vor dem kalten Winter und ließ nur eine flache Stelle am Rand offen, damit es den Tieren möglich war, an die Wasseroberfläche zu kommen. Der Morgen war noch kalt, aber die Enten wagten sich auf den Weiher. Welche Überraschung, als der glatte Eisboden sie zum Rutschen brachte! Mit einem Plumps! saßen zwei der besonders Mutigen auf ihrem Entenpopo und mussten sich das Gelächter der anderen anhören. Kurz danach rutschten diese selber aus und dann hatten alle was zu lachen.

Goliath, der Reiher hatte sich verändert. Er trug seit längerer Zeit weiße Federn und wenn er auf der alten Weide Platz nahm, sah man ihn auf den verschneiten Ästen kaum noch. Er versuchte erst gar nicht, auf dem Teich zu landen, denn er hatte bereits schlechte Erfahrungen mit der Glätte gemacht. So ein Reiher macht selten einen Fehler zweimal. Er flog auch nicht mehr so viel herum wie zuvor, denn es kostete ihn viel Kraft. Viel Kraft zu verbrauchen hieß auch immer, viel Futter zu suchen und das war schwierig in den Zeiten des Frostes und des Schnees. Manchmal flog er auf die Felder des Bauern und bemühte sich, etwas Essbares zu erbeuten. Aber oft stand er lange Zeit dort und fand nichts. So versuchte er, viel zu schlafen und zog im Wechsel ein Bein ins warme Federkleid. Er wusste, dass es eines Tages wieder wärmer werden würde und die Zeiten des Hungers und der Einschränkungen vorbei seien.

Nun habe ich euch einige Geschichten erzählt, die ich erlebte, als ich dort war, am Weiher! Fragt ihr euch, ob sie alle so geschehen sind? Auf jeden Fall!

Fragt ihr euch, ob es die Tiere alle gibt? Ich habe sie gesehen! Und fragt ihr euch zu guter Letzt, wer ich bin, wer euch alles erzählt hat? Dann solltet ihr auf das nächste Buch warten, in dem ich euch sicher mehr verrate und vielleicht erkläre, woher ich all das weiß und wieso ich es euch erzählen konnte!